#45

W9-BRN-800

UN DÍA DE NIEVE

EZRA JACK KEATS

UN DÍA DE NIEVE

New York · The Viking Press

VIKING
Published by the Penguin Group
Viking Penguin, a division of Penguin Books USA Inc.,
375 Hudson Street, New York, New York 10014, U.S.A.
Penguin Books Ltd, 27 Wrights Lane, London W8 5TZ, England
Penguin Books Australia Ltd, Ringwood, Victoria, Australia
Penguin Books Canada Ltd, 2801 John Street, Markham, Ontario, Canada L3R 1B4
Penguin Books (N.Z.) Ltd, 182–190 Wairau Road, Auckland 10, New Zealand

Penguin Books Ltd, Registered Offices: Harmondsworth, Middlesex, England

The Snowy Day first published in 1962 by The Viking Press
This Spanish-language edition first published in 1991 by Viking Penguin, a division of Penguin
Books USA Inc.
1 3 5 7 9 10 8 6 4 2
Copyright © Ezra Jack Keats, 1962
Translation copyright © Viking Penguin, a division of Penguin Books USA Inc., 1991
All rights reserved

LIBRARY OF CONGRESS CATALOG CARD NUMBER: 90-50571
ISBN: 0-670-83747-8

Printed in the United States of America
Set in Bembo

A Tick, John, y Rosalie

Una mañana de invierno Peter se despertó
y miró por la ventana. Había caído nieve
durante la noche. Todo estaba cubierto
hasta donde le alcanzaba la vista.

Después de desayunar, se pusó su traje de nieve y corrió hacia fuera. La nieve estaba apilada alto en las aceras para abrir un sendero por el cual caminar.

Crac, crac, crac, sus pies se hundían en la nieve.

Caminó con las puntas de sus pies hacia fuera, de esta manera:

Caminó con las puntas de sus pies
hacia adentro, de esa manera:

Después arrastró sus pies l-e-n-t-a-m-e-n-t-e
para dejar surcos.

Y vió algo que sobresalía de la nieve
para hacer un surco nuevo.

Era un palo—

—un palo perfecto para golpear
un árbol cubierto de nieve.

Hacia abajo cayó la nieve
—¡plaf!
—sobre la cabeza de Peter.

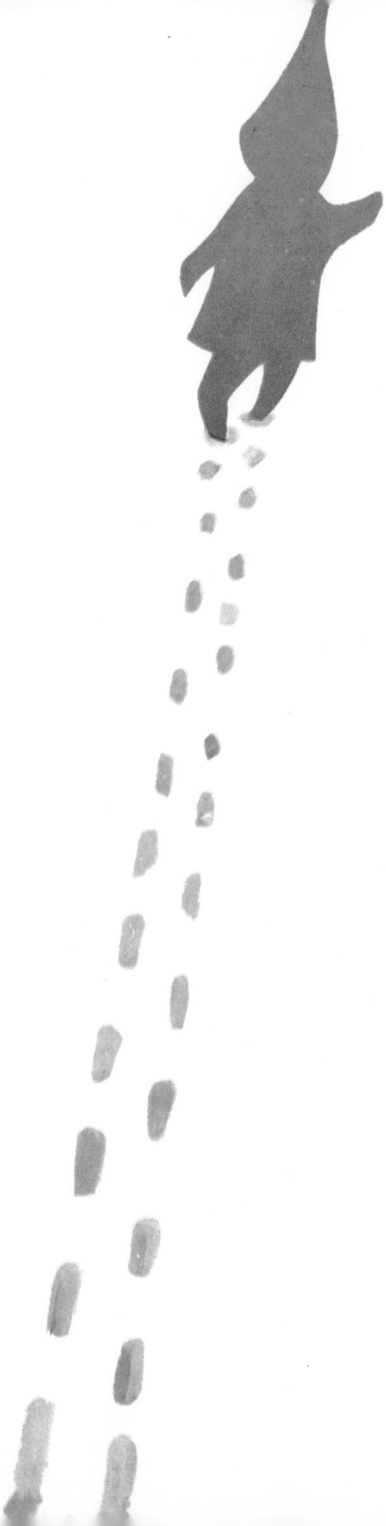

Pensó que sería divertido unirse a los niños grandes
en la batalla de pelotas de nieve, pero sabía
que no tenía suficiente edad—todavía no.

Entonces hizó un muñeco de nieve sonriente,

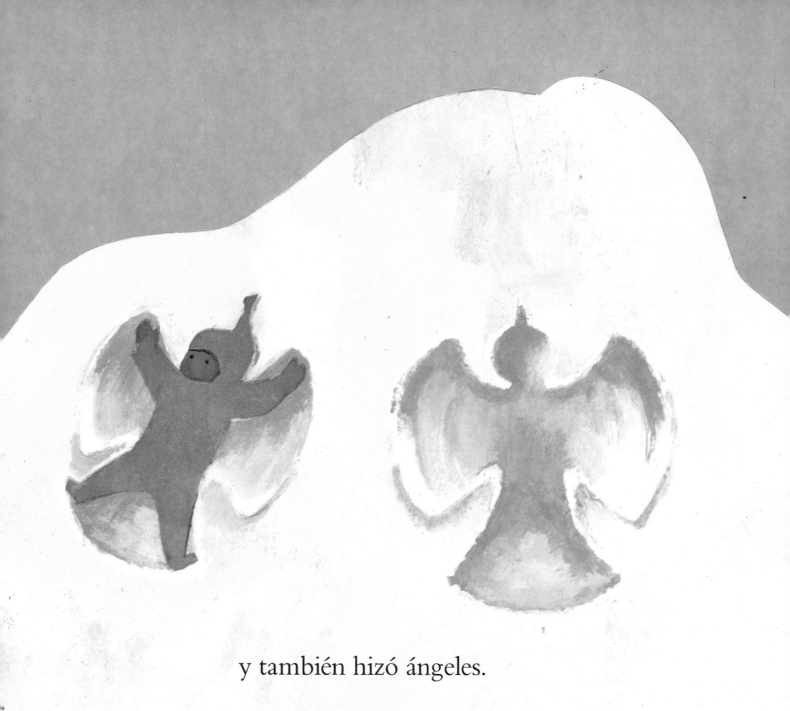

y también hizó ángeles.

Se imaginó que
era un alpinista.
Subió por una alta
montaña de nieve—

y se deslizó hacia abajo.

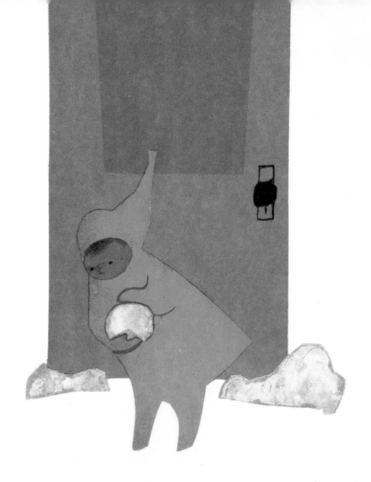

Recogió un puñado de nieve—y otro, y otro más.

Los apretó y formó una pelota dura de nieve

y la pusó en su bolsillo para mañana.

Después entró en su tibia casa.

Contó a su mamá todas sus aventuras, mientras ella le quitaba las medias mojadas.

Y pensó y pensó y pensó
en todo lo que había hecho.

Antes de acostarse buscó en su bolsillo.
Su bolsillo estaba vacío. La pelota de nieve
no estaba allí. Se sintió muy triste.

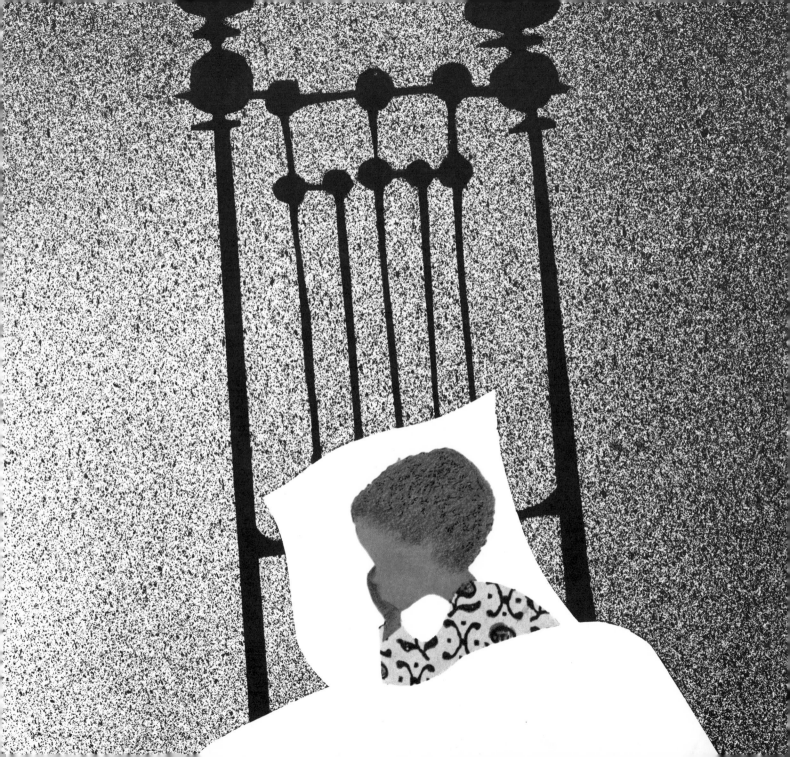

Mientras dormía, soñó que el Sol
había derretido toda la nieve.

Pero cuando se despertó, su sueño había desaparecido.

La nieve seguía por todas partes.

¡Estaba nevando de nuevo!

Después del desayuno, llamó
a su amigo que vivía en frente
y juntos salieron a la
profunda, profunda nieve.